L'AMOUR EST UNE SAISON

Conception
graphique et mise en pages
Dune Lunel
Relecture
Nolwenn Veillard
Édition
Thomas Bout

Éditions Rue de l'échiquier
12, rue du Moulin-Joly, 75011 Paris
www.ruedelechiquier.net
ISBN : 978-2-37425-347-3
Dépôt légal : mai 2022

L'AMOUR EST UNE SAISON

Traduit de l'anglais (États-Unis) par Christian Garcin

OTIS KIDWELL BURGER

LE DON DES NUES

L'amour est une vacance,
un séjour dans un autre pays.
Pourquoi le cœur le confond-il toujours
avec un retour chez soi ?

Il y a soixante ans, les étés à New York ne connaissaient pas encore la climatisation. Pour y résister, il fallait adopter des mesures strictes : ouvrir les bouches d'incendie, dormir sur les escaliers de secours ou dans les parcs ; dormir sous des draps mouillés en actionnant continuellement les ventilateurs électriques ; utiliser des glaçons dans les verres et en dehors ; nager à Coney Island ou dans les piscines municipales ; ou alors, prendre la fuite. Quand j'étais enfant, nous allions tous nous réfugier dans la maison d'été de ma grand-mère, sur la côte du New Jersey, avec les oncles, les cousins, mon frère et ma sœur, les amis, l'eau salée, le sable, les brises marines, les coups de soleil, et beaucoup d'espace. Cette maison fut vendue, et par la suite les étés se réduisirent à nous seuls – mon frère, ma sœur, nos parents et moi, le chien, parfois un chat – et nous les passions au bord du lac Champlain. Plus tard encore, après mon mariage, mon mari Knox et moi nous aventurions jusqu'à Cape Cod, Fire Island et dans les Berkshires ; nous privilégiions la verdure, les brises rafraîchissantes et, si possible, un ruisseau à truites.

Tout ceci nous amène à l'été 1957 où, à la recherche d'un refuge pour l'été, nous nous installâmes dans une maison des monts Catskills – la maison où ces sonnets furent écrits.

Nous avions trouvé cette maison par l'intermédiaire de ses propriétaires : ils avaient fait partie d'un groupe de jeunes gens pleins d'espoir qui avaient eu l'intention de réhabiliter et d'habiter quelques vieilles maisons abandonnées dans Greenwich Village. Le plan avait échoué, mais un couple, que nous n'avions rencontré que brièvement, nous proposa de louer et de partager avec eux une vieille maison qu'ils avaient dans les Catskills. Nous n'avions pas vu la maison ni n'avions jamais partagé la moindre location. Mais nous aimions les Catskills, et avons donc accepté avec plaisir.

C'est ainsi qu'au début de l'été, Knox me déposa, avec nos deux filles Neall, 7 ans, et Kathy, 5 ans – plus le chat Tigrou, Sam le raton laveur, et notre Ford Ranch Wagon 1955 – dans une vieille maison du XIXe siècle au bardage blanc défraîchi, située sur un haut plateau de montagne dans un coin reculé des Catskills. Puis il partit pêcher le saumon en Nouvelle-Écosse avec son père, nous laissant seules dans la maison.

Il était tard l'après-midi, et il faisait sombre et froid, surtout à l'intérieur ; le couple avec lequel nous devions partager la maison n'était pas encore arrivé, le téléphone ne fonctionnait pas, et les lumières n'étaient pas allumées. Les portables n'existaient pas à cette époque ; nous n'avions pas apporté de radio ; il n'y avait pas de télé, ni de tourne-disques, pas même un Victrola à manivelle.

Pas de circulation, pas de bruits de la ville ; pas de voix, sauf la nôtre. Les jours suivants, nous nous habituerions à ce silence, et nous commencerions à entendre le soleil, et le vent, et un million de petites voix dans le vaste espace extérieur.

Le lendemain, à la lumière du jour, nous avons exploré la maison. Elle était grande, mais avec de petites fenêtres et des volets pour les protéger de la force des vents. Il y avait une partie centrale à un étage, entourée de deux ailes. À l'étage, au centre, se trouvaient une salle de bains et plusieurs chambres ; au rez-de-chaussée, une salle à manger et un salon, pratiquement vides. L'une des ailes abritait une cuisine et une seconde salle à manger ; par les fenêtres entourant la grande table de la salle à manger, on pouvait voir de temps en temps une vache errante, qu'il fallait faire déguerpir vers son pâturage. L'autre aile contenait deux autres chambres et un bureau fermé rempli de livres et de papiers poussiéreux.

À l'extérieur, un long porche couvert surplombait une vaste étendue de pâturages d'altitude, de murs de pierre et de quelques bouquets d'arbres servant de brise-vent contre les orages et les coups de vent hivernaux. Un peu plus bas, dans une prairie voisine, se trouvait une source close, pleine de grenouilles, qui approvisionnait la maison en eau potable. On m'avait assuré que des filtres empêchaient les grenouilles d'apparaître dans nos robinets, mais je me demandais comment nous pouvions vraiment savoir si l'eau n'avait pas, néanmoins, un subtil goût de grenouille. Plus loin, plusieurs prairies au-delà de la maison, une ceinture d'arbres cachait une immense falaise qui descendait vers la rivière, le long de laquelle serpentait une petite ville. Lors des chaudes journées d'été ou des jours d'automne venteux, les faucons chevauchaient les courants ascendants le long de la falaise.

Deux nuits plus tard, les enfants étaient au lit et j'étais assise sous le porche, écrivant des poèmes à la lumière d'une lanterne. J'avais écrit et publié dans des genres divers – poésie, mémoires, science-fiction, un livre pour enfants – mais c'est à la poésie que je revenais toujours lorsque j'étais tendue. C'était une maison effrayante, mais un paysage magnifique, et de cette combinaison étaient déjà nés les trois premiers poèmes de ce livre – tous des sonnets, une forme dans laquelle je n'avais jamais écrit auparavant. Et, alors que j'étais assise là, le mari du couple avec qui nous allions séjourner est soudainement apparu dans l'obscurité, faisant tellement partie de la magie du paysage que je l'ai d'abord pris pour une autre vache errante. Cette maison était un héritage de sa famille ; il me la fit visiter, me montra le fonctionnement des lumières et de la cuisinière, me promit que le téléphone serait bientôt branché. Et ce qui avait semblé être un espace étrange et vide devint alors familier, rempli de gens et d'histoires, à nouveau chaleureux.

Sa femme et leurs deux jeunes garçons arrivèrent cinq jours plus tard. Elle et moi nous étions connues à la fac. Elle était intelligente, cultivée, maîtresse d'elle-même, quelqu'un avec qui il était agréable de discuter. Quelques jours plus tard, j'appris par elle, puis par lui, qu'ils étaient sur le point de se séparer lorsqu'ils découvrirent qu'elle était atteinte d'une maladie lente et incurable. Ils étaient donc maintenant provisoirement, inconfortablement, mais nécessairement ensemble – deux personnes très différentes, avec deux enfants très inquiets.

La maison semblait contenir en elle l'histoire des personnes qui y avaient vécu : une famille nombreuse, originaire d'Italie, le mari étant le plus jeune de sept fils. Je n'eus jamais l'occasion, cet été-là, de lui poser des questions à leur sujet ; c'était comme s'il supposait que je savais déjà qui ils étaient. La bibliothèque fermée contenait leurs livres poussiéreux, leurs écrits, leurs pamphlets, tous en italien, certains clairement politiques ; avaient-ils été des exilés, des réfugiés ? D'une remarque en passant, j'appris que certains d'entre eux au moins avaient été musiciens ; des concerts avaient été donnés dans les alpages : Verdi, Puccini, Rossini. Aujourd'hui encore je me demande comment ils étaient arrivés là, qui ils étaient, où ils allaient. L'un d'eux avait été enterré dans les bois, dans une tombe privée ; comment avaient-ils obtenu l'autorisation ? Des sept frères, seul le mari était encore vivant, et revenait chaque été avec sa propre famille, beaucoup plus réduite. Ses frères aînés, à leur époque, s'étaient liés d'amitié avec les fermiers locaux, réparant avec eux les murs de pierres et faisant les foins ; il continuait à faire de même. Il était profondément lié à la nature ; les nuits de pleine lune, on le trouvait parfois dans un pâturage, adossé au corps chaud et solide d'une vache en train de ruminer, endormie et couchée.

Pendant tout cet été-là, la maison fut bondée, et conviviale. Il y avait six enfants en tout : nos deux filles, leurs deux garçons, et deux enfants de passage appartenant à un autre couple. Divers amis et membres de la famille faisaient également halte à l'occasion, dont la sœur de l'épouse malade et le mystérieux cousin de quelqu'un d'autre. Adultes et enfants partageaient les activités estivales, se baignant dans le ruisseau à l'extérieur du village ou dans un étang non loin d'un champ de foin, pique-niquant et randonnant, organisant des barbecues, visitant une grotte voisine remplie de chauves-souris, cueillant des myrtilles pour que l'épouse en fasse une tarte des plus excellentes. Nous montions tous de gros chevaux de ferme ; les enfants faisaient des bonds dans le grenier à foin.

Pourtant, il y avait aussi de sombres et souterrains non-dits auxquels personne ne faisait jamais allusion. L'ombre des vies et des morts passées planait sur la maison, tout comme la maladie de l'épouse récemment découverte. Le plus jeune des deux garçons avait peur du noir, et j'essayais parfois de le réconforter. Il semblait avoir été informé, au moins en partie, de ce qui se passait. Plus j'en apprenais sur la situation délicate entre le mari et la femme, plus les choses devenaient délicates pour moi. Par moments, j'avais l'impression que j'étais censée leur apporter une sorte de normalité, les protéger de leurs problèmes ; mais n'allais-je pas plutôt les perturber ? Parfois, être amoureux est le meilleur moyen d'évacuer le stress d'une situation, mais cela peut aussi ajouter un tout autre type de stress. Moi aussi, j'avais connu des conflits conjugaux ; Knox pouvait être rétif, indélicat, difficile. Et j'étais heureuse d'être avec cet autre homme qui n'était pas rétif mais reposant, doux, calme et lent, en accord avec la nature. J'avais écrit pendant tout ce temps, mais mes poèmes prenaient maintenant une tournure différente : c'étaient toujours des sonnets, mais leur sujet se modifiait, s'étoffait. Je m'asseyais à la table de la cuisine le soir, quand tout le monde était couché, et j'écrivais. Pourquoi des sonnets ? Je n'en ai aucune idée. J'avais écrit des poèmes à la fac – j'ai des cartons entiers remplis de poèmes de cette époque, dans une écriture illisible – mais jamais de sonnets. Je connaissais un peu Shakespeare, mais je n'avais jamais étudié la poésie élisabéthaine. Disons que c'est arrivé comme ça. J'avais trouvé quelqu'un qui éprouvait les mêmes sentiments que moi envers le monde sauvage. La poésie est devenue un exutoire, une fontaine de mots et d'émotions qui ne devaient pas être exprimés en public, de peur de briser cette nouvelle et fragile relation ; je les gardais pour moi et ne les révélais que sur la page écrite. Les poèmes achevés se présentaient à moi rapidement, souvent deux par nuit ; pas seulement des poèmes d'amour, mais aussi des exercices formels, une joie à part entière. La situation en avait été le déclencheur, les écrire était une expérience transcendante. Et je n'ai jamais rien écrit de tel, ni avant ni après.

L'été s'est terminé sans autre résolution que de faire nos valises et de rentrer chez nous. Je suis presque certaine d'avoir essayé de faire publier les sonnets, mais pour une raison ou une autre, cela n'a pas marché. Deux ans après notre retour à la maison cet automne-là, mon mari et moi avons acheté dans le West Village un hôtel particulier en briques datant de 1836 ; c'était une ancienne pension de famille, et nous entreprîmes de la réhabiliter. C'est ainsi qu'a débuté une vague de changements, tant dans le

Village que dans nos vies. Un vent de rénovation a soufflé dans tout notre quartier; les commerces et les maisons ont été vidés de leur substance, ce qui a entraîné la disparition des magasins d'artisanat, d'antiquités, de cartes et d'articles exotiques, remplacés par des boutiques de vêtements onéreux et des logements coûteux. Le vieux Village fut submergé par une vague de jeunes cadres et de gestionnaires de fonds. Entre-temps, mon mari et moi avions acheté quarante acres de bois dans les Berkshire, dans le Connecticut; magnifique, mais trop isolé pour lui et les enfants. Il demanda le divorce. Nos enfants grandirent, allèrent à l'université, eurent des emplois, se marièrent. Ce n'est que soixante ans après cet été-là que je trouvai mes sonnets dans un tiroir du bureau de mon grand-père. Mon ex-mari et les principaux acteurs de cet été étaient alors tous morts, et la maison avait brûlé.

J'imagine parfois à quoi pouvait ressembler la maison en plein hiver. Sans personne à l'intérieur, elle se tenait là, vide, haute et penchée; derrière elle, le bosquet d'arbres qui l'abritait était dépouillé et inutile; les hangars et les petites structures à côté vacillaient sous les coups des tempêtes hivernales; les alpages d'herbe flétrie s'étendaient sur les montagnes balayées de neige. La seule ferme proche était cachée sous l'épaule de la montagne. En hiver, les vaches de cette ferme se tenaient toute la journée blotties bien au chaud dans l'étable, elles étaient traites deux fois par jour, réchauffant l'étable de leurs gros corps placides pour lutter contre le grand extérieur vide et froid, au milieu de la douce odeur du foin, des pâturages d'été et du lait frais. Un immense vide glacé au-dehors, bientôt suivi de vents changeants, de promesses murmurées. En temps voulu, des volées d'oiseaux reviendraient gazouiller dans le ciel et se poser sur les branches souples à nouveau. La carapace pierreuse de la terre redeviendrait tendre, porteuse de vie, parsemée de crocus et de jonquilles, que suivraient les mouches noires, les éphémères, les moustiques, les vaches, les fruits, l'herbe, les arbres en pleine feuillaison : l'économie résiliente et industrieuse des montagnes. Le ciel révoquerait les vents amers et glacés au profit du paisible et chaud couvre-lit du soleil. Les habitants de cette universelle et bienveillante pépinière enfanteraient, enfanteraient, enfanteraient, et nourriraient, et éduqueraient et feraient grandir de nouvelles générations – avant qu'une fois encore le vent devienne plus vif et que les arbres se dépouillent de leur splendeur écarlate et dorée et que la vie se retire une fois de plus dans la roche nue et le froid.

Restent les poèmes. Je suppose que cela en dit long sur le pouvoir de l'écrit. Mais les montagnes elles aussi restent, dans leurs saisons plus durables que l'amour humain.

Otis Kidwell Burger,
27 janvier 2018

Prologue

Cette terre est solitaire, à peine déverrouillée
par le printemps ;
Les flaques glacées de neige fondue gisent partout
Entre branches et herbes mortes... Tout
Est trempé dans l'air incolore et tremblant,
Tout est toujours stérile, bien qu'une touche de vert
Soit visible le long des ruisseaux tumultueux.
Et moi, spectatrice arrivée là trop tôt,
Je me réfugie à nouveau avec gêne dans les livres,
Couvre les enfants de leurs pulls, ravive le feu,
Ou m'assieds dans le mince rayon de soleil près de la porte ;
Aucun de nous ne s'éloigne trop. Au crépuscule, un chœur
De rainettes éclate en triomphe, déversant
Un espoir de verdure ; chaque flaque résonne
D'une promesse discordante, qu'aucun jour ne vient remplir.

1.

Pourquoi restons-nous ? Ce froid, cet isolement...
De brefs midis, et de plus longues nuits d'étoiles glacées
Quand l'hiver semble reprendre du poil de la bête,
 et habiller
Le ciel de neiges ardentes... semble dénué de sens, gâchant
La chaleur entre nous. Les enfants, je sais bien,
Me reprochent la solitude et le froid sans relâche,
Cet ennui vide, ils voudraient retourner
À la maison, attendre que le printemps devienne vert
Et or, et nous accueille... Chaque soir, je m'allonge
Et compte mes indécisions comme des moutons gris
Sautant les barrières étoilées du ciel,
Et j'attends... quoi ? Une réponse trop profondément enfouie.
Voir, peut-être, pour une fois, le printemps maussade,
La première rafale de feuilles, la lumière, la vie dans
 chaque chose.

2.

Le printemps arrive toujours en crabe dans cette région.

Les nuits sont froides, les matins pâles de givre

Et de brouillard, dans quoi se dressent les arbres noirs et nus,

Fantômes barbelés d'une vieille guerre depuis longtemps perdue.

Cette maison... trop grande... retient le froid dans chacune de ses pièces

Comme des congères de neige. Les planches craquent, les écureuils courent

Sur le toit à midi. La serpillère et le balai

Délogent noix stockées, feuilles séchées, un rayon poussiéreux de soleil

Imbibé de deux cents saisons... comme un arbre

Restitue enfin dans le feu les soleils de ses étés...

Cette maison conserve les vestiges de son histoire,

Une voix, le souffle d'un bruit de pas, un désir périmé...

Un écho dérive vers moi. Une promesse ? Un avertissement ?

Je me dresse, respirant le matin glacial.

3.

Dans ce pays montagneux, le soleil arrive lentement.
Et commence par distribuer sa lumière à travers les champs ;
L'est froid pâlit ; une lueur argentée, clairsemée,
Dissout la nuit, avant que l'obscurité ne cède
En lambeaux d'ombres déchiquetées, se rétracte, et meure...
Dans un dernier élan, la lumière solide
Jaillit, envahit l'ombre des cieux,
Fait s'envoler les fantasmes nocturnes.
De l'autre côté de la fenêtre, dans un robinier,
Un porc-épic bloqué, l'air d'un chapeau à queue,
Commence à descendre ; chauves-souris et chouettes
s'enfuient
Sur les vents de lumière, s'en vont dormir. Le soleil grossit ;
Et dans les prairies qui fument, six vaches
Rentrent de leur traite en un seul rang docile.

4.

Cette maison est remplie d'esprits interrompus ;
Les livres d'un mort entassés dans une pièce poussiéreuse
À l'étage, un fouillis de stores à moitié réparés,
Un marteau, et quelques clous ; une morosité fébrile
Imprègne la cuisine, où un couteau rouillé
Est appuyé contre un pot de confiture moisie.
La présence tenace d'une vie inachevée
Hante tous les murs – où, fantôme moi aussi, je suis
En quelque sorte à moitié bienvenue. Dehors, une étendue
De prairie dorée fond sous le soleil printanier ;
Dedans, d'étranges miroirs attrapent et brouillent mon visage.
La sensation que quelque chose s'est arrêté, qui n'a pas recommencé
Encore, me retient prisonnière dans
La poussière fraîche et l'ombre, bien que la porte soit grande ouverte.

5.

Tombé d'une étoile ? Peut-être. Je ne sais pas.
Comme imprévu… D'où ? Ne pouvais-tu pas écrire ?
Ou cette route t'est-elle trop connue… Même si
Je m'attendais un peu, à cette heure de la nuit,
À me tenir là, fatiguée, souriante à la porte,
À moitié dedans, à moitié dehors, tandis que toute l'obscurité se déverse
Sur toi, tombe de tes épaules. Et le sol
Est balayé de pluie et de pétales… jonquilles,
Feuilles de saule, et les marécages… les cris forcenés
Des grenouilles… Et toutes les longues routes humides au milieu…
Les champs nus étoilés disparaissent lentement de tes yeux.
La porte est fermée, trop tard. Quelque chose d'indistinct
S'est glissé à l'intérieur pour toujours ; comme si une malédiction
De calme et de tristesse s'était installée dans la pièce.

6.

Né de la nuit et du vent ? Tout ce que je sais,
C'est que cette arrivée, comme une lumière éclatante,
A balayé l'obscurité de la maison, de haut en bas ;
Où tu es allé, où tu iras, pour l'instant
Je ne m'en soucie pas ; tu es là,
Pour rendre cette maison paisiblement familière.
Pour en réveiller la vie, rendre ses recoins chers
À ma mémoire ; pour marcher à mes côtés, expliquer...
Ou, encore mieux, sans expliquer, être...
Débloquer les fenêtres clouées, déverrouiller, ou
Oh ! te retrouver dans le crépuscule, près de l'arbre
Qui soupire dans le vent sombre devant la porte
Et t'entendre le saluer, comme un doux ami ;
C'est suffisant ; toute solitude a pris fin.

7.

Allongée face contre terre dans l'herbe chauffée de soleil,
Je sens le poids du ciel, et les bruits ténus
Des pas d'insectes, et les voix qui grattent, et le passage
Des choses vertes qui poussent dans le secret de la terre.
Les racines du vieil arbre au-dessus de ma tête
S'abreuvent profondément du temps et de l'obscurité ;
rocs et moisissures
Nourrissent les pommes dures, maintenant à moitié tombées,
Qui reposent autour de moi dans la lumière franche et dorée
Du jour ensoleillé ; et les larves et les vers, eux aussi, dorment
Invisibles à l'intérieur de cette terre ; une foule, un essaim
D'insectes et de bêtes parmi les ombres rampent
À jamais aveugles, sans trêve ; protéiformes...
Et l'amour, dont les branches s'épanouissent dans
cette lumière,
A des racines aussi sombres, aussi tordues, hors de toute vue.

8.

Souffle et fleuris, ô monde, et ouvre-toi grand
Au ciel et au vent, à la nuit et au midi de l'été.
Absorbe cette lumière et cette chaleur pénétrante
Dans tes racines, tes graines ; endors-toi sous la lune
Quand le soleil s'est obscurci à l'ouest ;
Prends ce qui est offert ; cela ne durera pas ;
Et garde tout, sans réfléchir, dans ton cœur...
L'obscurité aussi bien que le jour, la griffe du faucon
  et le chant de la grive,
Ne laisse rien partir, rien sauf les regrets,
Ta prise leur est hommage, chaque partie
Ne valant pas moins que le tout. Oublie tous les remords ;
Ils sont un bandeau posé sur les cœurs clairvoyants,
Et il y a du temps – ou peut-être pas – pour regretter
Davantage ce que l'on n'a pas fait que ce que l'on a fait.

9.

Je t'entends comme le sang dans mon propre corps
Ou comme le vent qui souffle autour de la maison ;
Invisible, tu tisses un fil que je suis la seule
À pouvoir suivre ; aussi secret qu'une souris
Suivant ses chemins sous l'herbe des prés
Tu glisses le long des sentiers que le soleil déclinant
Dessine dans ton esprit ; je t'entends passer
Ici et là, autour de la maison, allant d'une
Confusion à une autre incertitude... oh amour... et moi,
Immobile à l'intérieur, rongée par la confusion aussi,
J'ai hâte de sortir et de te retenir quand tu passes ;
Sauf que tu entendrais ce qui chante en moi ;
Sauf que... oh, continue sans savoir, et sois libre !

10.

D'où viens-tu ? Oh, le fait que je t'aie connu
Ailleurs ne fait aucune différence ;
Ce qui importe est que nous soyons maintenant aussi neufs
Que les pointes vertes des branches de pin, aussi innocents,
Et aussi vieux que ce ciel indifférent et immense
Qui se tient au-dessus de nous, pendant que nous dormons tous les deux...
Ou que nous nous éveillons, séparés, dans cette maison ? car là où
Je suis allongée, bien réveillée, avec ces merveilles que je garde
Enfermées par habitude... toi, dors-tu, ou es-tu éveillé ?
Suis-je la seule à entendre le battement
De la lune sur la maison ? Quelle chair, quels os déchaînés brûlent
De danser, de se briser sur cette perçante mélodie ?
Ou bien sais-tu toi aussi, dans l'obscurité chantante,
Que, nous étant croisés, nous ne partirons plus jamais ?

11.

Comme les lunes étaient bruyantes cette nuit-là,
et tout autour
Les pâturages vides, dépouillés de couleur, sonnaient
Comme cymbales d'argent du son obscur
De la lumière lunaire, et les voix des petits insectes
chantaient
Sous le carillon régulier de cette lumière...
Toutes les distances sont comblées, toutes les montagnes
se rejoignent
À travers une vallée qui résonne avec la nuit
Et déborde du son de cette sphère.
Oui, j'ai déjà aimé, je crois, et j'aimerai
Encore quelque chose : la musique, pour le plaisir,
Ou la lune, ou la lumière des étoiles sur une autre colline ;
Mais rien, plus tendrement que tout l'espace,
Ne chantera en moi comme l'a fait ton visage illuminé
de lune.

12.

M'éveillant avant la lumière, à la dérive
Dans ces vastes mers de brume et de pluies de feuilles,
Où les aiguilles de pin fragmentent la lente ascension
De l'humidité vers la lumière du soleil, et où le geai
perturbe
Le sommeil de son réveil tapageur, je suis allongée,
satisfaite
D'entendre vrombir le monde et de commencer à m'éveiller
Au-dessous de mes sens assoupis ; à l'abri de ma tente
De couvertures, j'entends des garçons ramener les vaches
En sifflant et chahutant ; et quelque part sous la chaleur
De mon havre, ton pas, lent et régulier, sur le vieux
Plancher, et le claquement de la porte. Il est temps
de s'armer
À nouveau, de s'habiller, et passer du sommeil à la froide
réalité,
Osseuse et nue. Oh amour, quel visage afficherai-je
Ce matin, quand je te croiserai dans l'escalier ?

13.

Je ne te questionnerai pas. Tous les amours surgissent
De racines trop cachées et trop tortueuses ;
Il y a suffisamment de vérité dans tes yeux
Et dans mon cœur joyeux ; je ne serai pas curieuse
De savoir quel amour tu as vu en moi.
Quel amour ou parent de l'enfance, quel rêve perdu,
Tu as maintenant revêtus de ma chair. Je ne vois pas
L'intérêt de savoir à quoi je te fais
Penser, puisque, comme la terre et ce soleil chaud
Nous devrons dans une brève... trop brève... saison nous séparer,
Comme les feuilles doivent tomber des arbres, et les eaux se transformer
En glace, et ne plus couler. Pourquoi le cœur devrait-il
Apprendre des choses qui ne pourront, dans un mois ou deux,
Que le briser entièrement, en te rappelant à lui ?

14.

Comme si l'arbre de la nuit avait laissé tomber
Quantité de bijoux de ses feuilles secouées,
Opales et rubis de sa couronne imposante,
Ma chambre est embrasée des jambières dorées
D'éclatants scarabées, de pâles phalènes qui se replient,
Aussi fines que des crayons de soie, de mouches
    aux ailes dentelées,
De gais insectes rayés aux cornes noueuses, et de grosses
Mites audacieuses dont les ailes gris terne
Abritent un lis tigré ; et, rouges
Comme des taches de sang, de minuscules papillons
    de nuit ; et ici et là
Des papillons de velours noir, fourrure de jais autour de la tête,
Et des choses brunes et dentelées qui volètent et battent l'air
Comme des âmes en peine. Une fortune, dans l'attraction
    de la lumière.
Mais comme l'or des elfes, tout, avec le jour, a disparu.

15.

Dans tout ce qui flambait si fort, ce soir-là sur la colline,
Nous n'étions pas les derniers à chanter et à rire de voir
Les vaches endormies se dresser autour de nous ;
Quelle étoile aux yeux perçants, quel nuage bruni
    parcourant
Les vastes pâturages célestes, quelle lune claire
À la lumière indirecte, ont jamais autant brillé
Que les humains qui, main dans la main, fredonnent un air
Et opposent leur chair chaude à la nuit ?
Oh, ne laisse pas le pouvoir et la mortalité de l'amour
Être écrasés sous la multitude des mondes, des étoiles
Et des êtres hypothétiques dans les cieux.
Mais sois fier, mon bien-aimé, d'arborer les cicatrices
Des feux de la chair, et heureux de savoir ceci :
Aucune étoile, aucun soleil ne brûle si ardemment
    que le premier baiser d'amour.

16.

Être amoureux ; être informé par le feu ;

Ou formé, à l'extérieur et à l'intérieur ; transformé ; une forme

Toute informe, sombre, éclairée de désir ;

Toute de glace là où était la chaleur, et pourtant toute chaude...

Un majestueux brasier qui ne projette aucune ombre ; ou

Un verre sans lumière, reflétant un grand soleil.

Tout et pourtant rien ; une maison vide, dont la porte

Ouvre sur une aube qui vient de naître...

Et la même maison la nuit, avec la neige qui tombe

Et s'amoncelle sur son avant-toit... oh, tout cela, oui ;

À la fois la profondeur du premier oui, et le non final,

À la fois la vérité supposée, et la supposition incertaine ;

Toutes les énigmes simples et égales, sauf la dernière.

Tout cela Maintenant, sans début, sans passé.

17.

D'accord. J'aime. J'implore ton pardon. J'ai
Pris conseil auprès des poissons haletants,
Des oiseaux qui boivent et nagent dans l'air du ciel,
Et des bêtes à pattes entre les deux ; ceux-là connaissent mes désirs ;
Toutes les choses qui nagent ou volent ou marchent sur le sol
Partagent cette joie sauvage qui brise toutes les barrières de l'habitude,
Déconcerte l'oreille et le sens avec un son éclatant
Qu'aucune langue, aucun poète ne pourront jamais analyser
Dans toutes les formes créées ; les ressorts de la déraison
Traversent toutes les routes prudentes de l'histoire,
Féroces comme des griffes, comme des écailles, comme des ailes légères,
Comme des poumons dans l'air, comme des branchies dans la mer sombre...
Ceux-là connaissent mes raisons, et mon amour imprudent
Trouvera là son pardon, sinon plus haut.

18.

Comme la terre est belle, comme le matin emplit
D'une vaste et lente lumière l'agitation mouvante du flot
De nos vies hasardeuses... feuille, torrent, et vallée, collines
S'élargissant sans cesse au-delà de la faible portée de l'œil...
Jusqu'à ce que toute chose soit grandiose et sans mesure
Sous sa bénédiction, et qu'aucun oiseau ne chante
Sans les hautes harmoniques de l'illimité,
Des mers et des forêts sous ses ailes étincelantes.
Ainsi l'aube vaste de l'amour attire le regard intérieur
Au-delà de la conscience étriquée des os,
S'échappe pour une fois d'elle-même et vole
À travers les cieux sombres, les vents brillants... seule
Comme toujours, mais en sécurité pourtant et bénie
Par ce cœur jumeau qui bat dans sa poitrine.

19.

Le vent a soufflé tout le jour contre la maison
Une pluie aussi violente et mordante que les embruns
De n'importe quel océan... tous les pins trempent
Leurs aiguilles dans sa musique et son humidité,
se balancent
Sur le grand rouleau des brisants d'une côte
À deux cents miles à l'est de cette chute bouillonnante,
Comme si le souvenir du rugissement de la mer salée
Les imprégnait de la pointe aux racines. Tous à l'intérieur
des terres,
Comment peuvent-ils chanter une chanson qu'ils n'ont
jamais entendue ;
Comment, dans ces champs des hauts plateaux,
dans la ronce et la pierre,
Chanter les vents déracinés, être remplis des mots
Des profondeurs, des déserts et des cieux aussi nus
que des os ?
... Par une même étrangeté le cœur découvre qu'il connaît
Le chant intégral de l'amour, mais pas l'endroit
où il a surgi.

20.

Oh, l'un et l'autre unis par combien d'années de spirales,
Le livre que nous gardons ensemble, ses pages vierges
Sauf une ou deux lignes griffonnées, quelques larmes
(ou gouttes de pluie ?)... combien de météos, humides
Ou ensoleillées, dans le temps et dans l'esprit, trouve-t-on
Entre chaque patte de mouche d'une quelconque réunion...
Les enfants que nous avons engendrés séparément,
Les pensées, les autres visages, tout ce qu'il y a entre cela :
éphémère ;
Pages blanches. Comme si dans nos esprits le temps
tout entier
N'avait rien gravé d'autre que l'époque où
Nous marchions ensemble sous un ancien soleil.
Inarticulés même alors ; en rimes estropiées
En mètres caducs, en notes gribouillées, inventant
Un amour qui survit à tous les conseils de l'esprit.

21.

Non, j'ai fait la paix, vois-tu, avec la mort ;
Je l'accepte, mais n'entretiens aucun espoir
Quant à un futur vaisseau pour ce souffle,
Pour ce corps étendu là, sur une pente rocheuse
Qui surplombe la montagne et la ville,
Et qui te parle avec une conscience douloureuse.
Je sais que nous devrons nous lever, nous rassembler,
descendre
Et ne plus être ce que nous pensions être ;
Cet instant se dissoudra dans la cendre et l'air,
Dispersant à nouveau ses atomes dans toutes choses,
Comme nous le ferons aussi un jour. Mon amour,
sois patient.
Je t'ai aimé dans cette chair ; des toges et des ailes
Aideraient-elles cet amour, ou cet instant perdu,
à survivre ?
Il suffit d'être, une fois, pleinement vivants.

22.

Certains aiment les tempos accélérés, comme le galop,
L'allure d'un cheval, le long de leur destin,
Heureux de leur pouvoir, de leur cap décidé,
Parcourant vaillamment leur glorieuse journée.
Et certains se glissent sous terre, pour vivre en rêve
Dans toutes les rivières secrètes du sang,
Et s'éveillent, parfois, pour rendre réel ce qu'ils semblent être.
Mais au bout du compte finissent dans les herbes et la boue.
Quelques-uns, peu nombreux, restent stables. Comme une flamme souvent allumée,
Par sa persévérance, semble éternelle.
C'est ainsi qu'ils perdurent, bien que les ombres et les papillons de nuit
Volètent toujours autour d'eux ; dans leur lumière, nous demeurons.
Mais oh, les notes d'amour en bas de page, qui soulignent
Une vie... ou celles qui sont comme des comètes... comme elles aveuglent et brillent !

23.

Souviens-toi de moi, la prochaine fois que tu respireras ;
Je suis le chant dans le poumon de la cornemuse,
L'arbre de sang dont les branches murmurent la mort,
L'oiseau sous la feuille calme de la langue ;
Je suis le vent qui fait vibrer la glace
Emboîtant le bourgeon du printemps ; je suis toute la lumière ;
La lune qui court, portant l'appareil des nuages,
La terreur muette et douloureuse du plaisir,
Je suis la voix amère de la perte et du deuil.
De la survie engourdie au-delà du désir, du besoin ;
Le tapis tendre et ressuscité de la mousse.
L'enveloppe éclatée de la graine qui gonfle,
Je suis à la fois l'âne et le hibou, le serpent et la colombe ;
Le Nom effrayant par lequel les hommes invoquent l'amour.

24.

Être avec toi est simple et violent ;
C'est comme être emporté vers l'aval d'une rivière,
Là où les larges eaux dérivent lentement, ondulent
Entre les champs verts, et les herbes entraînées frémissent
Dans la lenteur du courant... puis sont précipitées dans
    une gorge
Étroite, entre deux hautes parois, où l'eau devient
D'un blanc sombre et terrible, et le ciel lointain
Est obstrué par les fougères et les rochers... qui sait
Quand le souffle et la pensée seront emportés et noyés ?
Et pourtant, la rivière coule. Même si l'amour lui-même
Grimpe pour s'endormir épuisé sur un sol sec
Dans le silence et l'herbe chaude, le moi
Est lourd et seul sous le soleil ;
Dans l'eau, sans poids, sans volonté, et tout un.

25.

Maintenant la pluie fait les vaches se tourner vers
L'est, comme de maladroites girouettes ; et tout
L'air est chargé : un espace électrique argenté
Qui bouillonne et se répand en chute sifflante
Sur l'herbe, les pins, les feuilles d'érable ;
De la fumée s'élève de la terre ; un grondement
Souffle sur les fenêtres battantes et les avant-toits
Fondent en voiles liquides qui se balancent, se déversent
Entre nous sur le porche, et la terre qui se dissout.
Les enfants, en rang, se tiennent sous
L'eau qui ruisselle et, trempés et rieurs,
Courent en dansant, entrent et sortent, sourds au tonnerre
De l'eau sauvage et douce... Mais les adultes ferment
Les fenêtres à l'étage, et rentrent les vêtements.

26.

Oh, vous tous, ménestrels, poètes et amoureux, cessez
Vos chansons d'amour mensongères, déchirez la page
Où des notes dorées chantent trompeusement *L'amour est la paix* ;
Ainsi les pauvres oiseaux aux ailes attachées dans une cage
Dorent leur captivité d'un chant orné de bijoux :
Des rubis d'un cœur sanglant, des larmes de diamant
Et des saphirs de ciels perdus, pour éclairer le vide
Et long silence des années qui les encerclent.
Je n'ai rien contre ce souffle vaillant
Qui peut si aimablement chanter une blessure ;
J'ai moi aussi, par le chant, renoncé à être contrariée par la Mort
Et redonné des plumes à une aile mutilée.
Mais chanter la source de vie et la sécurité ? Là les poètes ont menti…
Aucune cage n'est un abri quand le faucon est à l'intérieur.

27.

Laissons aux pieds de l'Amour les plus faibles des hommes
Chercher un conseil, un pardon ou une excuse pour tuer
Ou demander à cette formidable puissance d'approuver
Une vie stérile en envoyant son propre dieu-même,
Cette fragile et régulière éclosion
De vie saisissable en Toi et en Moi,
Remplir le vide misérable, la chambre meublée
De l'âme où rien de vert ni de lumineux n'a jamais poussé ;
Mais je persiste à dire... même si je recherche moi aussi
Certains besoins dans l'amour... que l'amour ne peut être
Un jardinier ou un juge grâce auquel les faibles
Acquièrent la force, ou le droit, ou fleurissent dans l'ombre ;
L'amour, comme la religion, ne doit pas servir à nos fins,
Puisque les Dieux, devenus incomplets, ne sont pas
des Dieux, mais des amis.

28.

Ce jour-là il a plu, une humidité maussade et brumeuse
Qui n'a jamais vraiment été intense, mais qui a aplati
L'herbe et les feuilles d'érable ; nous avons allumé
une lampe
À quatre heures, en rentrant de la ville,
Posé les imperméables et les enfants près
Du poêle, pour qu'ils fument un moment et sèchent ; et nous
Sommes sortis ensemble sur le porche, toi et moi.
Pour voir, peut-être, ce qu'avait apporté toute cette pluie...
Et avons trouvé un crapaud, qui sautillait les yeux brillants,
la peau
Verruqueuse et humide ; je l'ai mis
Dans un bocal... ou une bassine... je ne sais plus,
Mais je sais qu'il sautait, et sautait, et manquait le rebord ;
Et tu as dit doucement, Laisse libres les créatures sauvages ;
Pour laquelle en toi demandais-tu la liberté ?

29.

Les midis de l'été reposent comme un absolu
Sur la terre étourdie et dorée, et toute
L'herbe est lourde de lumière immobile,
Muette ; les ombres diminuent ; les grands
Pins se dressent solitaires dans les bassins d'ombre qui rétrécissent,
Dans un air aussi épais, aussi humide de lumière et de chaleur
Que de l'eau parfumée ; toutes les formes, toutes les couleurs s'estompent ;
Les prairies, dans une seule et tremblante feuille
De clarté, de clarté seulement, s'étirent et disparaissent
Vers les lointaines-proches montagnes brillantes où,
Épinglé au bord d'un ciel incolore,
Le monde s'achève dans un air bouillant ;
Et ô, mon amour, comme nous avançons lentement, petitement ;
Comme est étroite cette ombre de nous-mêmes dans laquelle nous dormons !

30.

Et l'été, comme un linge mouillé sur sa corde,
Battait et absorbait la lumière du soleil. Les grives chantaient
Dans les pins qui bordaient la prairie. Il faisait
Beau, un troupeau de petits nuages s'élançait
Des sommets des montagnes de l'est pour promener,
Une rangée après l'autre, leurs ombres sur l'herbe,
Elles-mêmes paisibles sur cet espace sans profondeur.
Et oui, dans ce paysage, je nous vois passer,
Quotidiens, mais éternels ; tout ce ciel
Et cet espace notre maison d'été, et toutes
Les hirondelles au-dessus de nous, les cris des criquets.
Le tourbillon et le passage du temps jusqu'à l'automne flamboyant,
Notre maison et nos meubles, à dépoussiérer, à garder...
L'amour d'un été !... avant son sommeil d'hiver.

31.

À moitié endormie, dans l'obscurité langoureuse
où des éclairs de chaleur
Se couchent sur les montagnes distantes, et où l'herbe
chaude
Résonne des longues litanies des grillons... un divan
Vaste et murmurant... et, de l'extérieur de cette vitre noire,
Un chêne fait pleuvoir ses papillons de nuit comme
des bijoux dans la pièce.
Je t'entends, quelque part en bas, dans la pénombre
dense et fleurie,
Verrouiller portes et fenêtres, éteindre les lumières
Contre un ennemi intime... qui sait ? peut-être du gel,
Et, allongée seule, dans un cercle rétréci de nuits,
Criblée de lune, toujours plus magiquement fragile
et perdue,
J'entends moi aussi au-delà des murs et des branches
chargées de feuilles, le lent
Empilement sur les rebords des fenêtres ; le raide sifflement
de la neige secrète.

32.

J'ai été hors de moi-même aujourd'hui,
Avec l'eau froide et les premières feuilles
Couleur cuivre agitées comme des couteaux sur le ciel
Gris au-dessus de nous pendant que nous nagions... le temps passe
Si vite... et dans la rivière sombre, les six enfants
Qui plongeaient et réapparaissaient là où
Les feuilles mortes, l'écume, les fragments de bois brisés
Tourbillonnaient et disparaissaient ; le soleil était chaud, mais l'air
Froid... Plongeant, recomptant mes protégés... les enfants
Et l'été... j'ai senti la détresse, comme une marée noire,
M'emporter. Anxieuse, perdue dans l'effroi, l'esprit
Égaré, je suis revenue, pour te trouver toujours là, dehors
À rebâtir un mur à la tombée du jour, et m'émerveiller que les voix
Puissent guérir comme des mains, et que le temps soit tout entier Maintenant.

33.

Bien qu'en plein été les longs couchers de soleil
se propagent
En rafales, de nuage en nuage, jusqu'à ce que les derniers
hauts
Débris blancs prennent feu dans un voile de rouge,
Et que les oiseaux comme des étincelles tournoient tout
en haut dans le ciel,
Ces vents d'automne ont décapé les cieux
Jonchés de feuilles ; les nuages, la lumière, tout,
tout a été déversé
Au-delà des bords de l'obscurité froide et nette où,
Au crépuscule, l'ouest brille comme une fournaise remplie
Des balayures de l'été ; le brasier terne et maussade
Se nourrit avec colère des arbres noircis
Et des flancs de montagne éventrés ; des volutes de brume
Dérivent le long des lits de rivières ; et oh, la lumière
Du monde s'éteint dans la plus profonde des nuits.

34.

Comme le soleil s'éternise en cette après-midi ;
Comme les ombres dorment, chaudes et tranquilles, entre
Les pierres et les racines des herbes ; comme si le midi éclatant
Pouvait durer éternellement, dans l'immobilité verte
Et silencieuse de cette lumière, où collines et vallées
S'étendent sans fin devant nous, et où le ciel
N'a pas un seul nuage, pas une seule ombre pour gâcher
La plénitude assoupie de ce toi et moi,
De ce jour qui, pour notre bien, hésite tant
À partir ou changer. Oh, ne parle pas. Nous pouvons
Peindre ensemble cette maison pour toujours, à moins que l'un de nous fixe
La limite à ne pas franchir. Le temps, en retard,
Nous rattrapera si nous parlons... l'ombre s'allonge
Sous ton pinceau. Le dernier jour s'en va.

35.

Je me sens seule sans toi. Une vingtaine d'insectes... nuage
De petits êtres verts bourdonnants... dansent et restent suspendus
En plein vol devant moi ; derrière eux les collines
Se regroupent au loin ; le silence métallique et chaud de l'été résonne
Au-dessus, au-delà, au-dedans de moi, le goût
Des choses non dites assèche ma bouche.
Le temps s'écoule sans force, sans hâte,
Lent comme des vaches maigres pendant une longue sécheresse.
Inactive, trop désœuvrée même pour être
Désespérée, je suis debout sur l'herbe, consciente
De la cage articulée de mon corps,
Lampe de chair sans flamme... oh, être allumée, désirer !
Et la lumière lente qui balaie l'obscurité devant
L'arbre et la colline, et ma porte vide.

36.

Désigne la bête : la langue double du serpent,
Le renard pour l'astuce, et la force du lion ;
Le phénix toujours brûlé et toujours jeune ;
Le griffon, dans sa fière longueur héraldique,
Le cochon pour la cupidité ; la licorne blanc de neige
Dont la sauvagerie dort sur les genoux d'une vierge ;
L'aigle, ou le chat de la maison, pour le dédain ;
Blasonne, sur ta bannière, l'un de ceux-là.
Mais ne me choisis pas comme emblème du véritable amour.
La créature associée à ce mot difficile
L'est par la rime mais pas par sa nature ; car quelle colombe
Dans sa délicate loyauté, a jamais entendu
Ce qui, pour l'innocence ailée, est véritablement faux ;
L'amer bestiaire des fautes de l'amour ?

37.

Oh, si au moins tu m'avais laissée pour une bonne raison,
Rédigée de manière concise, numérotée ; couchée par écrit.
De manière à ce que l'esprit murmure « Oui, je vois,
en effet »...
Et ainsi apaiser sa douleur par la logique ; ou si tu étais
devenu
Visiblement plus froid, pour qu'au moins
Ma chair ait eu le temps de ralentir son rythme
Et limiter sa faim à un humble festin
Auquel rien n'aurait manqué, sauf tes mots, ton visage,
Peut-être serais-je plus résignée. Mais il est cruel
De me laisser sans un mot, rien qu'avec ces heures vides
Pour me dire que je t'ai perdu. L'amour est double,
Et gagné ou perdu, ou complètement disparu, il était nôtre,
Et devrait être traité ainsi ; si tu dois partir
Dis-le-moi, dis-moi au moins pourquoi je m'afflige.

38.

Quand je t'aurai écouté, et écouté jusqu'au bout,
Je serai libre, peut-être. Je n'en sais rien.
Entre le lever fiévreux du soleil,
Sa longue journée, et son déclin, les heures
Lentes et lumineuses font éclore de nombreuses choses.
Il y a la joie du réveil, et le moment
Où les oiseaux nagent jusqu'au jour sur leurs ailes brillantes,
Et la lumière et l'être rassemblés grimpent vers
Les horizons radieux de toutes les choses à venir,
Et l'amour appartient... pas à ces murs, protégés
Du gel et du changement... mais au bourdonnement fragile
Des champs et des collines de l'été... et au ciel
Noir et pur de la nuit... notre obscurité, pourrais-tu décider ;
Mais oh, ce jour m'appartiendra encore.

39.

Retourne-toi encore une fois, retourne-toi encore,
avant de partir,
Et souhaite-moi de la joie, fais le vœu que je me porte bien,
Et dis que tu viendras me voir… après tout,
De choses futiles sont faites les pierres de l'enfer.
Pas de courageux adieux, non, pas de mots
Ainsi façonnés qu'ils épousent les contours du cœur
Et le réconfortent pour la nuit ; ni non plus d'épées
Qui tranchent nettement et pour toujours ;
Mais du doux, du lent arrachement des mains
La tendresse et la félicité ; et de la joie qui devient peur ;
Jusqu'à ce que chacun de nous demeure seul
Sans rien, sur ce chemin où nous avons tous deux échappé
Sinon à la damnation, du moins à la vérité ;
Et ne nous trouvons pas, maintenant, si protégés de l'enfer.

40.

S'il est parti mon cher amour, alors laisse-le partir.
Souviens-toi seulement d'un beau jour de printemps
Où les cieux s'adoucissent, et où la neige maussade
Libère son emprise de la terre et toutes choses.
Souviens-toi que j'ai porté mon amour aussi haut
Que n'importe quelle jonquille, sereine dans le gel,
Qui lève son fragile visage pour accueillir le ciel.
Ainsi t'ai-je souri, à mes dépens,
Ainsi ai-je aimé… et vu ton éclat se faner
Comme toute fleur voit le soleil couchant
À la fin du jour ou de l'année, passer dans l'ombre
Et abandonner la terre à l'obscurité, descendre
La pente et la vallée ; décliner, s'estomper et luire faiblement ; aller
Vers le gel et les ténèbres… Doux soleil, je t'ai tant aimé !

41.

Aussi graves, aussi pures, traversant le sol ensoleillé
De cette terre, que les danseurs solennels et les moines psalmodiant
En lente procession, les hirondelles s'envolent
Dans un joyeux plain-chant, à travers l'éblouissante
Dernière lumière ; les longs arcs de leurs ailes déployées frôlent
Les herbes dorées et les flèches gothiques
Des pins ; leurs corps s'enflamment en dernier, et flamboient
Comme des étincelles chantantes, tandis que tout en bas expire la lumière.
Dans cet air pâle et frais, entre les collines
Et les étoiles pas réveillées encore, elles ruissellent et brûlent
Jusqu'à ce que la lumière et le chant ne forment qu'un ; jusqu'à ce que l'obscurité les fasse
Complètement disparaître. Et ici, maintenant, alors que je me détourne
De ton souvenir désespéré, j'entends à nouveau
À travers mon désir, leur joyeux et froid Amen.

42.

Oh amour, plus amers que le vent d'automne
Ces mots-là que je dis, et qui marquent le tournant
De la brève année de l'amour, que chagrin et colère
    ont réduite.
Les feuilles crénelées, calmes et vertes de la passion brûlent
D'une couleur féroce désormais, et se précipitent
Dans les paysages vides auxquels je fais face,
Seule et vide aussi... comme ce jour morne,
Qui, puisqu'il ne te retient pas, n'est plus qu'un espace
Empli de départs, et un vent qui rugit,
Annonçant la neige et la mort, projetant haut
Les feuilles, l'amour, le souvenir de l'amour, contre les rivages
De la pensée qui s'obscurcit, et du ciel nuageux
    qui se referme...
Oh, donne-moi le courage, maintenant que j'ai prononcé
L'arrêt de mort de cette année, d'affronter mes morts.

43.

Quels que soient mes besoins, je vais tous les ranger
Dans un petit coin de ce grenier, où
Par une petite fenêtre tombe le rayon poussiéreux
Du soleil déclinant ; stérile, nue
Pour d'autres yeux et d'autres esprits, cette pièce ;
Pourtant, quelques petits bibelots d'une singulière valeur conservent
Une lueur faiblissante dans la pénombre des toiles d'araignées
Que je vérifie, veilleuse de nuit, avant d'aller dormir.
Voici tes lettres, six en tout, bien attachées
Par un ruban écarlate ; et un après-midi
Passé à marcher oisivement sur le versant d'une montagne ;
Quelques mots ; quelques myrtilles flétries ; un air
Que tu sifflais ; les voici, mes besoins, rien de plus,
Que je garde de tout mon être devant cette porte.

44.

Comme la neige se déplace ; comme glisse le feu hésitant
Sur la bûche noircie ; comme dansent les éphémères ;
Comme l'herbe vacille sur le bourbier instable ;
Ainsi l'amour tremble et frémit devant le moindre risque.
La créature ailée tombe sur la terre des mortels,
Le chant s'installe dans les jours monotones,
Ou bien meurt flamboyant dans une renaissance fortuite,
Ou bien est aveuglé par une phrase furieuse.
La forme solide se dissout dans la main,
L'image devient fumée dans l'esprit,
L'heure meurt et tombe ; dans les sables mouvants
S'enfonce, dans l'obscurité, l'écorce vide, aspirée,
Du soleil, le grondement féroce et distant
De la marée qui se précipite depuis un rivage caché.

45.

Mon temps est plus court maintenant ; les nuits
sont longues,
Et silencieux les oiseaux qui chantaient à midi.
Où donc, durant notre bref amour, se trouve le mal ?
(Vite, réponds-moi.) Il y a dans le cœur l'énigme
Déchiffrée d'une rune. Dans le crépuscule de l'été,
Qui m'a oubliée dans l'obscurité déclinante...
Un corbeau s'est levé, une lumière, l'odeur maussade
De la chair, l'empreinte immobile et cristalline
Des étoiles... et toutes choses semblables et mêlées, et
Tes cheveux contre mes yeux, dans le vent de l'été
Qui faisait tourbillonner les feuilles et ruisselait dans
le sable ;
Et rien d'autre qui ait remué, ou changé, ou péché.
Mais tout cela est fini. Comment se lit l'énigme ?
Chacun trouve une brève réponse à son plus grand besoin.

46.

Seigneur Seigneur préserve pour moi la fin de ce rêve ;
Ce répit lucide dans ce qui est personnel,
Quand l'amour n'est plus chair mais colline, ruisseau
Et lumière d'été, et chaque intervalle
Dans les plans et les passions humaines ; laisse-moi voir,
À contre-jour dans l'étrange clarté de l'amour, toute
L'humanité et la terre entière comme une partie du temps et de moi
Et moi de tout cela ; ensorcelée, sous l'emprise
De forces bien trop grandes pour être ignorées,
Qui nous ont unis deux à deux, pour que nous puissions supporter
La terre, la vie, l'Amour, la chair, et toutes les vastes
Impossibilités des cieux. Oh, temps,
Porte-moi délicatement ; moi qui un jour ai connu
Ton énigme et ta promesse tout au fond de mes os.

Décédée en 2021 à l'âge de 98 ans,
Otis Kidwell Burger a vécu pendant 58 ans
dans Bethune Street, au cœur de Greenwich
Village, à New York, dont elle était devenue
une figure emblématique.
Écrits il y a plus de soixante ans,
les textes qui composent L'amour est
une saison *ont été retrouvés, puis publiés*
sous forme de recueil en 2018, faisant dire
à un journaliste américain :
« De nombreux joyaux ont été perdus
à jamais, pas celui-ci. »

Le papier de cet ouvrage est composé
de fibres naturelles, renouvelables, recyclables
et fabriquées à partir de bois provenant
de forêts gérées durablement.
N° d'impression : 120901/00
Imprimé sur les presses d'Escourbiac à Graulhet,
France, en avril 2022